Verführt unter der Freibaddusche

Eine homoerotische Kurzgeschichte

für mich

Verführt unter der Freibaddusche

Eine homoerotische Kurzgeschichte

Topaz Hauyn

Besuchen Sie uns im Internet:
www.topazhauyn.de

ISBN: 9798401757029
Font: Alegreya
Coverdesign: Topaz Hauyn
Art: inspiring.vector.gmail.com/depositphotos.com

Das Wasser im Sportbecken rauschte um Leon. Jedes Mal, wenn er den Kopf aus dem Wasser drehte, um Luft zu holen, bevor er wieder ins Wasser eintauchte und sein Arm über den Kopf ins Wasser tauchte und ihn die Bewegung weiter nach vorne zog.

Wellen platschten gegen seinen Körper. Seine Schultern spannten sich an. Vor ihm tauchte der Beckenrand mit den Startblöcken auf, auf denen Kinder standen, die ins Wasser sprangen. Silbrige Vorhänge aus Luftblasen umhüllten sie alle beim Eintauchen und störten seinen Schwimmfluss.

Eilig machte er eine Rolle an der Wand und kraulte von diesem Ende des Beckens wieder davon. Bloß gut, dass der Sprungturm heute geschlossen war. Zu viele Badegäste, vermutete Leon.

Neben dem Plätschern des Wassers hörte er das Kreischen der Kinder und spürte hin und wieder das Aufschlagen der Wasserbälle links und rechts seiner Bahn. Trotzdem er Bahnen schwimmen wollte, war das kaum möglich. Das, was er im Freibad an diesem Nachmittag im Sportbecken zustande brachte, war eine gekraulte Zickzack Linie, die ihn kreuz und quer durch das ganze Becken führte. Immerhin kam er so zu seiner Bewegung.

Leider hatte er es heute Morgen nicht ins Freibad geschafft. Eine dumme Abgabefrist bei der Arbeit hatte Überstunden verlangt. Die Kollegen hatte einen Termin so früh eingestellt, dass das Freibad noch nicht offen gehabt hatte.

Also war er jetzt hier. Am Nachmittag, mit allen Familien und Kindern.

Leon blickte im Laufe der nächsten Bahn zum Häuschen am Rand, in dem der Bademeister saß. An der Außenwand hing eine altmodische, runde Uhr. Noch eine halbe Stunde schwimmen und er war mit seinem Sportprogramm für heute durch.

Leon kraulte weiter.

Zwei Bahnen später hatte er wieder einen kompletten Zick-Zack-Kurs durch das Becken fertig und mehr Gesprächsfetzen über fehlende Schwimmkurse, den abendlichen Grilltreff und die Pläne für den Urlaub mitbekommen, als ihn interessierten, als ihn eine Bewegung ablenkte.

Leon atmete häufiger. Bei jedem zweiten Armschlag, statt nach jedem dritten, nur um dieser Bewegung zu folgen.

Da war doch tatsächlich noch ein Schwimmer unterwegs im Becken. Ähnlich wie er selbst kraulte der Mann kreuz und quer und um alle anderen Badegäste herum. Er hatte eine rote Bademütze auf dem Kopf. Die Arme, die aus dem Wasser tauchten, waren muskulös und der Beinschlag war kraftvoll. Die Geschwindigkeit war atemberaubend. Allein schon jeden zweiten Armzug aufzusehen, teilweise von der grellen Sonne geblendet und im Gegenlicht, nahm der Abstand zwischen ihnen zu.

Leon passte seinen Atemrhythmus wieder an und nahm die Verfolgung auf. Der Mann sah heiß aus. Und unbekannt. Ob das ein Vater von jemandem war?

Unwahrscheinlich. Alle Väter, die er bei seiner Arbeit kannten, waren aufgegangen wie Hefekugeln im Backofen. Keiner davon konnte noch schnell schwimmen oder einen attraktiven Körper wie diesen sein Eigen nennen.

Ein Glück für Leon, denn er schmachtete keinen seiner Kollegen an. Ein Pech, denn es schränkte die Auswahl erheblich ein. Der Partnermarkt Büro fiel damit für ihn komplett weg.

Die morgendlichen Schwimmer im übrigen auch. Er kannte sie alle, die regelmäßig ihre Bahnen schwammen. Manche sogar schon im dritten oder vierten Jahr. Man grüßte sich, verschwand im Wasser und zog Bahnen rauf und runter. Immer aneinander vorbei. In der Dusche und auf dem Weg aus dem Freibad nickte man sich zu. Manche sah er sogar im Winter im Hallenbad in der Nachbarstadt. Gesprächig waren sie alle nicht. Er selbst auch nicht. Schließlich wartete nach dem Frühschwimmen die Arbeit auf ihn.

Aber die rote Badekappe, die faszinierte ihn jetzt. Warum auch immer. Sonst sprach er keine Schwimmer an. Trotzdem folgte er dieser Badekappe.

Zehn Minuten und weitere drei Runden durch das Becken später schwamm Leon immer noch hinter dem anderen Schwimmer her. Langsam merkte er seine Muskeln an den Oberarmen und dem Rücken. Seine Trainingszeit neigte sich dem Ende und die Sonne brannte auf das Wasser. Er war das kühlere Wasser am Morgen gewohnt. Die Stille, die nur durch Vogelgezwitscher und ein paar Wellen gefüllt wurde. Nicht das Kreischen, Spritzen und Lachen von so vielen, die plantschten statt zu schwimmen.

Leon schwamm weiter.

Er wollte den Mann in der roten Badekappe einholen. Warum auch immer der ihn so faszinierte.

Gerade machte er eine weitere Rolle am Beckenrand, als neben ihm jemand mit einem Startsprung ins Wasser tauchte.

Silbrige Luftblasen versperrten ihm die Sicht und Leon lenkte mit einem Zwischenschlag und einer Armbewegung zur Seite, um nicht zu kollidieren.

Aus dem Rhythmus gebracht, trat Leon Wasser und sah sich um.

Die Sonnenstrahlen reflektierten auf dem Wasser und es waren noch mehr Menschen um ihn herum als vorhin. Sogar im Schwimmerbereich des Sportbeckens. Der Springer, der gerade in seine Bahn gesprungen war, tauchte auf und schaute sich um. Schwarze Haare hingen ihm bis auf die Schultern. Mit einem Arm winkte er und rief nach jemandem. Mit einer vollen Stimme, die ihm durch Mark und Bein ging. Eine Stimme, die er gerne im Flüsterton im Schlafzimmer hören würde. Sicher würde sie dort noch besser klingen.

Leon wollte gerade weiter schwimmen, als er sah, wem der Mann mit dem schwarzen Haar und der verführerischen Stimme zugerufen hatte.

Der Schwimmer mit der roten Bademütze kam auf ihn zu geschwommen.

»Achim, alte Socke! Kannst du nicht aufpassen?«, fragte die rote Bademütze. »Deine Startsprünge sind cool, aber du hast meinen Verfolger fast ertränkt!«

Die rote Bademütze schaute an dem Schwarzhaarigen vorbei und direkt in Leons Augen.

Er hatte also bemerkt, dass Leon ihm nach geschwommen war.

Leon lächelte freundlich und unverbindlich zurück. Nachschwimmen war kein Verbrechen und wenn einer schon die freie Route gefunden hatte, sogar ein sinnvolles Vorgehen. Er würde sich nicht dafür entschuldigen. Dass er sich überlegt hatte, ob der Mann mit der roten Bademütze vielleicht schwul sein könnte und vielleicht interessiert sein könnte, brauchte er ja nicht zuzugeben. Seine Gedanken würde er ganz sicher für sich behalten.

»Ich labe noch. Kein Problem«, sagte Leon und winkte wegwerfend. »Schwimmen wir lieber weiter, bevor noch mehr Menschen im Wasser sind, und es ganz unmöglich machen.«

Die rote Badekappe nickte, lachte, drehte sich um und schwamm davon.

Achim blieb im Wasser tretend zurück.

Leon sah ihn nochmals von hinten an. Keine Chance, dachte er, der ist sicher so hetero, wie der andere, sonst hätten sie sich nicht kurz auf Abstand beschimpft und wieder getrennt.

Leon holte Luft und schwamm los, die rote Bademütze hatte bereits wieder einigen Abstand zwischen sie beide gebracht. Wenn er die gleiche Route nutzen wollte, musste er sich beeilen.

Die Wasserströmungen, die er beim Schwimmen erzeugte, strichen über seinen Körper wie die sanften Finger eines Liebhabers.

Leon genoss jeden Armzug, trotzdem seine Muskeln protestierten.

An der nächsten Beckenwand, an der er wendete, sah er, dass Achim ihm folgte.

Schick. Damit waren sie schon drei Schwimmer. Vielleicht konnten sie die anderen damit ja irgendwann vertreiben. Noch zehn oder zwanzig mehr und allen anderen

Badegästen würde die Lust am Herum plantschen verge-
hen.

Leon unterdrückte ein Lachen und schwamm weiter.
Noch zwei Bahnen, nahm er sich vor, dann würde er duschen und nach Hause gehen. Vielleicht würde er heute
seinen Schatten überspringen und sich auf einer der vielen Dating-Webseiten anmelden. In der Realität hatte er
einfach immer Pech, wenn er versuchte einen Partner zu
finden. Auch wenn er die Idee nicht mochte, ein Profil
von sich zu erstellen. Aber langsam fühlte er sich einsam
und allein. Die Clubs und Parties zu denen er in die Stadt
fuhr, waren nicht mehr so spannend wie vor fünf Jahren
und er zog es vor Schwimmen zu gehen und gemütlich
zu Hause ein schönes Essen zu kochen. Besonders nach
einem langen Arbeitstag.

Zwei Bahnen später kletterte Leon aus dem Becken. Die
Sonne schien immer noch heiß herunter. Bevor er halb
bei den Duschen war, war er schon fast trocken. Wenn
die Liegewiese nicht so überfüllt wäre, er würde es sich
fast überlegen, noch ein bisschen hierzubleiben und die
Sonne zu genießen.

Kreischend rannten drei Kinder an ihm vorbei.

Nein. Er würde gehen.

Zu laut, zu voll, zu heiß.

Zu Hause warteten mehrere Zucchini und Auberginen
im Kühlschrank auf ihn. Bereit zu leckerem Grillgemüse
verarbeitet zu werden.

In Gedanken versunken ging Leon weiter und schreckte
hoch, als ihm jemand auf die Schulter tippte und »Hallo«
sagte. Mit der tiefen Stimme, die er vorhin im Wasser
gehört hatte und die ihn dort sofort an das Schlafzimmer
hatte denken lassen.

Leon drehte sich um.

Tatsächlich. Vor ihm stand tatsächlich Achim, der ihm und der roten Bademütze die letzten Bahnen nach geschwommen war.

»Hallo«, sagte Leon.

Was wollte der Mann von ihm?

»Also. Ähm«, druckste Achim und rieb sich den Nacken.

Die Haare wurden schon wieder trocken und kringelten sich an den Spitzen. Ob er ein wuscheliger Lockenkopf war?

Leon schob seine Gedanken beiseite. Unwahrscheinlich, dass der Mann etwas mit ihm anfangen wollte. Auch wenn er ihn auf ein ähnliches Alter wie sich selbst schätzte und die kantige Kinnpartie so einladend aussah, dass Leon schnell seine Hände hinter dem Rücken verschränkte. Nur nicht nach unten schauen, sonst würde es peinlich werden. Schließlich trug er einen Badeslip und nicht diese langen, flatterigen Hosen, die inzwischen so beliebt waren, aber gleichzeitig jede Menge Widerstand beim Schwimmen darstellten.

»Ich. Es tut mir leid, dass ich Sie gerade fast ertränkt hätte«, sagte Achim.

Er sah nicht wirklich geknickt aus. Trotzdem wurde er rot im Gesicht.

Leon winkte ab.

»Passt schon. Ich lebe noch. Außerdem siehst du nicht so aus, als würde es dir wirklich Leid tun«, sagte Leon.

Achim blieb der Mund offen stehen, als hätte er eine andere Antwort erwartet.

»Ach komm«, sagte Leon, ließ seine Hände los und schlug dem Mann auf die Schulter. Sonnengewärmte, glatte Haut, mit Muskeln, eines Schwimmers. Achim schwamm ganz sicher häufiger als nur heute. Sonst hätte er weder einen vollendeten Startsprung hingelegt, noch zwei Runden mit ihrem Tempo mithalten können. »Lass gut sein. Dein Freund die rote Bademütze soll aufhören, dir Schuldgefühle einzureden.«

Leon nahm seine Hand von Achims Schulter. Er musste zusehen, dass er unter eine kalte Dusche kam, so wie sein Körper von der Berührung kribbelte. Zu Hause würde er sich endlich so eine Dating Seite aussuchen. Er braucht dringend einen Freund und nicht nur seine eigene Hand.

»Bis dann«, sagte Achim, winkte und marschierte mit langen Schritten auf die Duschen zu.

Er würde die Zucchini und Auberginen in Scheiben schneiden, überlegte er, um sich abzulenken und zu beruhigen. Scheiben. Dünne Scheiben, die im Backofen schnell knusprig wurden. Majoran, Basilikum und Pfeffer darüber gestreut würden für das Aroma sorgen.

Endlich stand er vor der Tür für die Dusche.

»Darf ich dich, als Entschuldigung, auf ein Eis einladen?«, fragte Achim mit seiner tiefen Stimme hinter Leon.

Das Kribbeln war zurück.

Mist.

Jeder Gedanke an gegrilltes Backofengemüse, dass ihm gerade geholfen hatte, war weg. Seine Badehose war zu dünn um seine Reaktion auf die tiefe Stimme und die Fantasien die sie auslöste zu verbergen.

Achim sollte ihn mit seiner falschen Entschuldigung in Ruhe lassen, die ihm die rote Badekappe eingeredet hatte. Schließlich hatte er nicht widersprochen, als er ihm direkt ins Gesicht gesagt hatte, dass der Startsprung Absicht gewesen war.

»Ein Blowjob wäre mir lieber«, sagte Leon und griff nach dem kalten, eckigen Türgriff zur Dusche.

Achim sagte nichts.

Die Antwort hatte er nicht erwartet.

Auch, wenn sie grob und unhöflich gewesen war. Aber seit wann brach man die Schwimmer Etikette? Man nickte sich zu, ging aneinander vorbei, schwamm hintereinander Bahnen, nickte sich wieder zu und ging. Keine Worte, keine Vertrautheiten, keine Freundschaften. Wozu auch? Jeder war hier, um zu schwimmen, nicht um Bekanntschaften zu schließen und sich nachher einen Rosenkrieg auf dem Wasser zu liefern!

Leon zog die Tür auf.

Warmer Dampf vermischt mit dem künstlichen Geruch von vielen Shampoos schlug ihm entgegen.

Er trat ein, ging durch die heiße, dampfige Luft und auf die mit einer Seitenwand abgetrennte Duschkabine am anderen Ende der Duschreihe zu. Vorbei an all den Duschen die nebeneinander angebracht waren. Aus dreien brauste das heiße Wasser, dass für den Wassernebel sorgte. Ein paar Männer seiften sich gerade ab.

Leon schaute um die Duschwand. Leer. Zum Glück. Auch wenn es nur eine Seitenwand zu den restlichen Duschen gab, war das immer noch besser, als öffentlich neben den anderen mit seiner Erektion zu duschen. Außerdem, wenn er leise war, konnte er sich gleich hier darum kümmern. Hinter ihm war nur Wand und zum Glück keine weitere Tür, wie es im Hallenbad war. Dort war die Dusche ein Durchgangsraum. Hier musste man nach dem Duschen zurück zur Türe ganz vorne.

Leon, zog seine Badehose aus, hängte sie an den Knopf, mit dem er die Dusche anschaltete und drückte kräftig darauf. Der harte Wasserstrahl traf seinen Kopf und platscht auf seine Brust. Nicht ganz so wie die Berührung eines Liebhabers, aber fest und anregend. Er drehte die Temperatur etwas herunter, schließlich wollte er sich nicht kochen und griff nach unten. Langsam rieb er an seinem Penis auf und ab. Drückte stärker und schwächer und wurde schneller.

Die Duschen weiter vorne hörten auf. Die Männer redeten miteinander und dann klappte die Türe zum Duschraum und brachte kühlere Luft, die auf dem Boden bis zu Leons Füßen wehte.

Leon drückte nochmals auf den Duschknopf, um das Wasser in seiner Halbkabine am Laufen zu halten.

Er rieb schneller und spürte, wie sich seine Eier zusammenzogen. Nur noch ein bisschen.

Wieder klappte die Türe zum Duschraum. Jemand tappte über die Fliesen.

Leon hielt die Luft an. So wollte er nicht entdeckt werden. Zum Glück lief seine Dusche noch.

Eine andere Dusche wurde angeschaltet. Sehr gut.

Leon rieb schneller und stützte sich mit seinem Freien Arm an der gefliesten Wand vor sich ab.

Irgendjemand trat zu ihm in die Kabine.

Leon hielt inne.

Mist.

So wollte er sich lieber nicht umdrehen.

»Besetzt«, sagte Leon, um den anderen auf seinen Fehler hinzuweisen. Man trat nicht in eine besetzte Kabine, auch wenn sie nur eine Seitenwand hatte.

Nasse Hände legten sich auf seinen Rücken und fuhren zielstrebig über seine Pobacken, nach vorne zu seinem Penis.

»He!«, würgte Leon heraus.

Was war denn das?

Die Erfüllung seiner Träume? Sex in der Freibaddusche? Sicher nicht, er hatte ja keinen Freund dabei.

Leon schob die Hände zur Seite, die seinen Penis rieben und seine Eier massierten.

»Was fällt dir ein?«, fragte Leon und musste eine Hand loslassen um sich umdrehen zu können.

Er stand Nase an Nase mit Achim.

Statt ihm zu antworten, ging Achim auf die Knie.

»Dein Blowjob«, sagte Achim und zwinkerte ihm von unten herauf zu. Obwohl ihm das immer noch laufende Wasser, dass über Leons Schultern spritzte mitten im Gesicht landete.

»Was?!« Leon rang nach Worten. Achim nahm ihn ernst und wollte den Wunsch nach einem Blowjob wirklich erfüllen?

»Komme Mann, das ist nicht lustig«, sagte Leon und schob zum zweiten Mal Achims Hände weg.

Das war ihm absolut noch nicht passiert, das jemand ihm beiim Wort genommen hatte. Noch dazu jemand, den er gar nicht kannte. Aber trotzdem war es heiß.

»Hast du mit der roten Bademütze gewettet? Wo ist die versteckte Kamera?«, fragte Leon und ärgerte sich, dass er mit dem Rücken gegen die Fliesen stieß. Noch weiter zurück konnte er nicht gehen.

»Nein«, sagte Achim und stand auf.

Er rieb sich wieder den Nacken. Nur das die Kringel an den Haarspitzen jetzt wieder nass nach unten hingen und glatt waren.

»Ich, ähm, bin nicht so gut darin Freunde zu finden. Und nachdem du mich nicht gleich hast stehen lassen und meinem Bruder schon eine halbe Stunde nach geschwommen bist, dachte ich lade dich auf ein Eis ein«, sagte Achim leise.

Dabei schaute er Leon an. Mit Augen die blitzten und funkelten. Das passte nicht zusammen.

»Eis, Blowjob, Einbruch? Ist es völlig egal, was ich gesagt hätte?«, fragte Leon.

Achim verschränkte die Arme.

»Einen Einbruch hätte ich nicht mitgemacht!«, sagte Achim.

Leon lüpfte eine Augenbraue. Immerhin schien Achim ja doch so etwas wie einen Moralkodex zu haben. Auch wenn, fremden Männern unmoralische Wünsche erfüllen offensichtlich nicht darin stand.

Leon musterte Achim von oben bis unten. An seiner Badehose blieb er hängen. Eins spitze Beule buchtete sich aus.

»Schwul?«, Leon fragte mehr für die Bestätigung, nicht weil er bei dem Anblick Zweifel hatte.

Achim nickte.

»Und Single«, fügte Achim hinzu.

Leon leckte über seine Lippen. Die kalten Fliesen in seinem Rücken ließen ihn schaudern und jetzt ging auch noch die Dusche aus. Schnell schlug er wieder auf den Knopf und schaltete das Wasser wieder an, dass wenigstens die Luft warm blieb.

Schwul, Singel und eine heiße Stimme. Achim klag wie die Erfüllung seiner Träume.

»Machst du das mit allen Männern, die mit deinem Bruder Bahnen schwimmen?«, fragte Leon.

Seit wann war er so misstrauisch? Früher, auf den Parties und in den Discos hätte er jedem, der ihm einen blasen wollte zugelächelt und die Hosen fallen lassen. Jetzt stand er nackt unter der Dusche, mit einem willigen Achim vor der Nase und stellte idiotische Fragen. Mann war er alt geworden in den letzten fünf Jahren.

Leon verdrehte die Augen über sich selbst.

»Nein.« Achim schüttelte den Kopf und langsam färbten sich seine Wangen rot. »Du bist der Erste, dem ich das anbiete.«

Statt zu gehen, blieb er aber stehen.

Ganz schön mutig, überlegte Leon. Er selber hatte sich schon von weniger Fragen entmutigen und abkanzeln lassen.

Er machte einen winzigen Schritt vorwärts, bis sein Penis gegen Achims Badehose stieß.

Achim schaute ihn abwartend an.

Leon legte seine Hände auf Achims Schultern.

»Gerne«, sagte Leon und drückte leicht auf Achims Schultern, um ihm zu zeigen, dass er sich wieder hinknien sollte. »Kommst du mit zu mir zum Abendessen?«, fragte Leon. »Ich heiße Leon.«

Achim grinste, ging auf die Knie und nahm Leons Penis in den Mund. Warm, feucht und fest schlossen sich Achims Lippen um ihn. Achim saugte, knabberte und bewegte sich vor und zurück.

Leon biss sich auf die Lippen, um ein lautes Stöhnen zu unterdrücken. Er hörte keine andere Dusche, aber er braucht nicht unnötig Aufmerksamkeit auf sich zu ziehen. Selbst, wenn kniende Männerbeine aus der Duschkabine ein eindeutiges Zeichen waren.

Er spürte Achims Hand an seinen Eiern, die ihn massierten und stützte sich mit einer Hand gegen die Wand und mit der anderen gegen die geflieste Außenwand ab.

Dann hörte er auf zu denken und genoss wie geschickt Achim an ihm saugte und ihn massierte, bis er kam. Er schluckte und leckte ihn sauber, bis sein Penis wieder weich wurde.

Leon zitterte und fühlte sich ganz wackelig auf den Beinen. Schließlich stand Achim auf, schaltete die Dusche wieder an und hauchte einen Kuss auf Leons Wange.

»Ich komme gerne mit zum Abendessen«, sagte Achim mit seiner tiefen Stimme.

Das heiße Wasser prasselte auf Leons Schultern. Achim drehte sich um und ging.

Bevor Leon sich ganz im Klaren darüber war, was gerade passiert war, klappte die Tür zur Dusche. Entweder war Achim gegangen, oder jemand anderes hereingekommen. Hier konnte er jedenfalls keine weiteren Fragen stellen. Aber beim Abendessen.

Leon schluckte hart und duschte sich ab. Seine Beine fühlten sich immer noch weich und wackelig an. Genauso, wie Achim sich wie ein Geist oder Traum anfühlte. Ob er wohl vor der Tür auf ihn warten würde, oder ob er davongegangen und verschwunden war?

Leon erinnerte sich an Achims tiefe Stimme und an dessen Hand an seinen Eiern. Er würde gerne mehr über Achim erfahren. Mit ihm plaudern, ihn ausziehen und in aller Ruhe, ohne Angst vor Entdeckung, in seinem Bett verführen.

Leon rief sich zur Vernunft. Vermutlich war Achim schon weg. Das klang alles zu Gut, um wahr zu sein.

Leon wusch seine Badehose und zog sie wieder an. Das verrückte Gespräch hatte dafür gesorgt, dass er sein Handtuch vergessen hatte aus dem Spind zu holen.

Er marschierte über den gefliesten Boden zur Türe vor und hinaus aus der Dusche. Dort schaute er sich um. Jede Menge Menschen, Erwachsene und Kinder zu sehen und zu hören. Die trockene Hitze, im Vergleich zur Dusche, hüllte ihn ein. Er brauchte etwas zu trinken. Von Achim keine Spur.

Doch zu schön um wahr zu sein.

Leon trottete zu den Schließfächern, holte seine Sachen, ging weiter zu den Umkleiden und zog sich an.

Mit seinem Rucksack über der Schulter, in T-Shirt, kurzer Hose und nach mehreren langen Schlucken aus seiner

Wasserflasche, war er fertig zum Gehen. Vor den Umkleiden blieb er nochmals stehen, ließ seinen Blick über die mit Handtüchern belegte Liegewiese, die Ecke des Sportbeckens, die von hier einsehbar war und immer noch voller Menschen, und hinüber zur Türe der Männerdusche gleiten. Weit und breit kein schwarzhaariger Achim zu sehen.

Leon seufzte. Er würde Zucchini und Aubergine allein essen. Mit einem leeren Gefühl der Befriedigung und einer brennenden Sehnsucht nach Achim, der bestimmt wunderbare, schwarze Locken hatte, wenn seine Haare trocken waren.

Leon ging los zum Ausgang. Er sah die Metalldrehtür im Zaun bereits vor sich, als sich eine Hand auf seine Schulter legte.

»Willst du wirklich ohne mich gehen?«, fragte Achim von hinter ihm.

Leon drehte sich um.

Die Stimme passte, aber die Person nicht. Bis auf das eckige Kinn und die funkelnden, schwarzen Augen.

Achim hatte keine Locken, er hatte krauses Haar, das in alle Richtungen Abstand. Und es sah viel einladender aus, als Locken.

»Ich hatte gedacht, du hast dich aus dem Staub gemacht«, sagte Leon und lächelte. »Gehen wir?«

Achim nickte.

»Ich musste nur meinem Bruder tschüss sagen. Sonst lässt er nachher das gesamte Freibad durchsuchen und zwingt die Bademeister dazu den Boden des Beckens abzuschwimmen«, sagte Achim und lachte. »Ein bisschen überfürsorglich, aber voll in Ordnung der Gute.«

Hintereinander gingen sie durch die Drehtüre. Dahinter nahm Leon Achims Hand. Sie zu halten machte das alles viel realer. Träume konnte man schließlich nicht an der Hand halten. Und mit einem Mal war Leon froh, dass er heute Morgen nicht zum Schwimmen gehen konnte, wegen dem Projekt auf der Arbeit. Denn dann hätte er Achim nicht kennengelernt.

»Magst du Zucchini und Auberginen?«, fragte Leon. »Es gibt Grillgemüse zum Abendessen.«

»Lecker«, sagte Achim und leckte sich über die Lippen. Aber so wie Achim ihn ansah, überlegte Leon, dachte er sicher nicht an Grillgemüse, sondern an etwas anderes.

»Wenn es dich zum Nachtisch gibt«, sagte Achim und bestätigte Leons Gedanken.

Leon lachte. Der Abend konnte kommen. Und die Nacht. Und hoffentlich auch die nächsten Tage.

ENDE

Leseprobe:
Prioritäten der Liebe

William reckte seine ledrigen Beine in der heißen Sonne, bevor er sie einen kleinen Schritt weiter setzte. Soweit es sein Panzer aus grünen Platten zuließ. Hinter ihm hörte er das leise Rauschen der Wellen, die sich im Sand verliefen. Er vermisste das Meer jetzt schon, kaum, dass die Sonne seinen Panzer getrocknet hatte. Im Wasser war er so viel leichter und konnte sich einfacher bewegen als hier an Land. Aber wenn er jemals nach Hause wollte, blieb ihm keine andere Möglichkeit.

Im Wasser war er auch schneller unterwegs. Aber hier an Land zog ihn die Schwerkraft nach unten und es gab keinen Auftrieb vom Wasser. Nur Schnecken waren langsamer als er.

Leider war der Strand hier zudem ein öffentlicher, von Touristen überrannter Sandstrand. Einzig in den frühen Morgenstunden waren keine Touristen unterwegs. Dann war die Putzkolonne da, die den Müll entfernte. Und die hatten ihn bereits mehrfach ins Wasser zurückgetragen. Leider wurden die anderen Strände nicht vom angeschwemmten Müll gereinigt. Dort würde er sich als Schildkröte sicher verknoten, und als Mensch die Füße zerschneiden. Er würde also noch ein ganzes Stück in seiner Gestalt vor sich hinkriechen müssen. Warum hatte er sich eigentlich nicht im Wasser verwandelt? Ach ja, weil es ein öffentlicher Strand war. Nackte, junge Männer wurden von der Aufsicht abgeführt und an die Polizei übergeben. Es bestand die Pflicht, Badekleidung zu tragen.

William atmete ein. Der salzige Duft des Meeres wurde von dem schrecklichen Gestank der Sonnencremes zurückgedrängt. Er rümpfte die Nase und machte einen weiteren Schritt.

Ihm schauderte bei dem Gedanken, ab sofort mehr Zeit mit diesen Menschen verbringen zu müssen.

Bisher hatte er sich jedes Jahr auf ein paar Tage an Land beschränkt. Lange genug, um zu lernen, welche neuen Erfindungen es gab. Kurz genug, um seine Nase nicht komplett zu ruinieren, in den künstlichen Duftwolken und Abgasen, mit denen sie sich umgaben. Außerdem lebte er dann auf dem zurückgezogenen Familiengrundstück. Dort konnte er sich verwandeln, wann immer er wollte. Keiner der anderen Schildkrötenwandler störte sich an seinem Mangel an Kleidung. Davon gab es ebenfalls genug und sie war auch überall deponiert. Selbst das kleine Häuschen am Meeresufer hatte einen Schrank, der gefüllt war mit Hosen, Pollovern und Wäsche in mehreren Größen.

Nur hatte ihn der Müll im Meer hier, an diesem absolut unpassenden Ort, ans Ufer gezwungen. Der Weg zu seinem üblichen Aufenthaltsort war versperrt. Er musste zusehen, wie er über Land dorthin kam.

Am liebsten wäre William umgedreht, zurück ins Meer gekrochen und davon geschwommen. Leider war das keine Möglichkeit. Entweder er verwandelte sich, oder er erstickte im Plastikmüll der seine Schwimmrouten verschmutzte. Er hatte bereits zu viele, schnellere und wendigere Schwimmer, sich darin verheddern und ertrinken sehen. Als Schildkröte hatte er noch schlechtere Chancen lebendig hindurchzukommen.

William kroch weiter. Zumindest der Sand war frei von Plastik. Er genoss jeden Zug. Langsam setzte er Fuß vor Fuß, immer darum bemüht, die Zehen zusammenzuhalten, damit die Schwimmflossen dazwischen nicht so stark spannten, und zog sich weiter über den feinen Sand hinauf. Der Wind wehte sachte über ihn hinweg. Kaum spürbar.

Hier unten, in Sichtweite aller, durfte er sich nicht einfach verhalten, wie er wollte. Schließlich sollten die Menschen nichts von den Schildkrötenwandlern erfahren.

William lebte mit seinen neunundzwanzig Jahren bereits lange genug und hatte, während seiner Schulzeit an Land, zu viel von den Menschen gesehen, deren Gestalt er zur Hälfte teilte, um mehr als absolut notwendig mit ihnen zu tun haben zu wollen. Leider zerstörten sie zunehmend seine Heimat, das Meer. Er musste einen Weg finden, sie aufzuhalten. Oder zumindest, den Müll wieder aufzuräumen.

Es half, dass er ungebunden war. Darum hatten die anderen Wandler ihm diese Aufgabe übertragen. Bei ihrem letzten Treffen vor fünf Jahren. Cäsar, zuständig für Kommunikation, Ausweise und Bankkonten, wartete auf seinen Bericht und seine Rückkehr. Es war seine Aufgabe die nächste Schicht der Betreuung zu übernehmen. Sie konnten und wollten ihre Kinder nicht so lange alleine lassen, nachdem sie gerade geschlüpft waren.

Er hatte seitdem beobachtet. Es gab Menschen, die gegen den Müll arbeiteten. Aber es waren zu wenige. Einen Plan hatte er noch nicht, außer mit den Aktivisten zu reden.

Langsam schob William sich in kleinen Schritten weiter bergauf über den gelben Sand hinauf in Richtung Gebüsch. Er hatte den dunkelbraunen, mit dünnen hellbraunen Fasern behangenen Stamm einer Kokospalme fest im Blick. Dahinter begann ein grünes Gebüsch. Das war der ideale Platz, um sich vor den Menschen, die am Strand lärmten und tobten, zu verstecken. Keiner würde seine Verwandlung in einen Mann bemerken. Jeder würde ihn nur für einen neu angekommenen Touristen halten. Einen mit dem exzentrischen Geschmack sich in Palmblätter zu hüllen, falls er keine Kleider fand.

Der Sand bebte.

Ein Frauenfuß trampelte genau vor Williams Augen auf den Boden. Sie stieß dabei Sand beiseite.

Er blinzelte, um keine Körner in die Augen zu bekommen.

Er sah ihre blau lackierten Zehennägel im fliegenden Sand aufblitzen. Seit wann war diese Farbe bei den Frauen in Mode? Ihre schrille Stimme schmerzte ihn in den Ohren.

William zog seinen Kopf zurück in seinen Panzer. Das Trampeltier ohne Augen würde bald an ihm vorbei gerannt sein.

Doch der Boden hörte nicht auf zu beben.

Im Gegenteil.

Das Beben wurde stärker und William fühlte, wie er zur Seite kippte.

William zog seine Beine schützend zu sich in seinen grünen Panzer. Irgendwann würden die brüllenden Menschen vorbei gerannt sein, dann konnte er weiter krabbeln. Hoffentlich schaffte er es, sich wieder auf den Bauch zu drehen, sonst würde er sich doch hier am Strand verwandeln. Strandaufsicht hin oder her. Wobei er auf die Massenpanik und Medienaufmerksamkeit keine Lust hatte.

Etwas traf seinen Panzer, wirbelte ihn herum, bis er die Orientierung verlor.

Alles drehte sich um William. Er verlor den braunen, faserigen Stamm der Kokospalme aus den Augen. Mal sah er ein Stück Himmel, mal ein Stück Sand. Dann nahm er gar nichts mehr wahr.

Excerpt end of: Title Ende der Leseprobe aus »Prioritäten der Liebe«

Weitere Bücher

Frank sah sich um. Hinter ihm standen schon wieder der heiße Mann mit den dunkelblauen Augen. Er sah ihn auffordernd an, eine Augenbraue gehoben, als wollte er Fragen: »Kannst du das? Traust du dich?«

Eine homoromantische Kurzgeschichte im Freibad

Fantasy

Raffaels Mangasammlung
Der Schneesturm
Schwebendes Fundament
Magisches Parket
Ein Tropfen Leben
Erika trifft Pegasus
Wider dem Traum
Lazars Vergeltung
Der, die, das Monster
Drachenverträge
Verpasst
Hexe im Wolfsfell
Die Sandriesen der
Traumsandwerke
Erwartete Verkaufszahlen

Sandige Versuchung (An den
Ufern des Luzik)
Die neue Wunschauswerterin
Kontrabass und Killerwal

Brennnesselfluch Serie
- Entführt (#1)
- Enterbt und Verflucht (#2)
- Geburtstagsgeschenk (#3)
- Schülerin falsch (#4)
- Brennnesselfluch (#5 Roman)
Die Spindel über der Erde
Spindel der Vergangenheit
Erbe: Haus, Schmuck, und
Gespenst

Romance

F/F, Lesbische Romantik
Rotes Marzipan
Verliebt im Freibad
Erster Kuss im Wald
Flirt auf rotem Briefpapier
Romantik am Morgen
Testperson gesucht: Portal der
Verführung
Unterricht in der Liebe
Eine neue Gelegenheit
(Collection)
M/M, Gay Romantik
Liebe trotz verbranntem Essen
Phillip, küss mich

Gesucht: Die Lust zu Verführen
Kunstsprung der Liebe
Unter der Freibaddusche
Verliebt in den Koch
Eine Schneeflocke zum Verlieben
Liebe zum Genießen (Collection)
Prioritäten der Liebe (Roman)
M/F, Hetero Romantik
Vereiste Seile
Sandmanns Verlobung (An den
Ufern des Luzik)
Der Fremde liegt unten
Ein Herz für die Träume
Armut oder Heirat